QV

Boy Lornsen

Jesus
vun Nazareth

Een Stremel Weltgeschicht

Quickborn-Verlag

Die plattdeutsche Schreibweise wurde weitestgehend
unverändert vom Autor übernommen

ISBN 3-87651-177-1

Umschlagabbildung: Günther Petersen, Sylt-Ost/Tinnum
Gesamtherstellung: Clausen & Bosse, Leck
Der Umwelt zuliebe
auf chlorfrei gebleichtem Papier gedruckt
und nicht eingeschweißt
Printed in Germany

Jesus vun Nazareth

Een Stremel Weltgeschicht

Hüüt is jüm de Heiland boren.

Een Woort geiht üm de Welt.
Vör lang lang Tiet, tweedusend Johren
hett'n Engel uns dat mellt.

Sien Königsriek weer blot Gottslohn.
Sien Zepter weer de Leev.
De Freden weer sien Königsthron.
Un he nöhm nich: He geev.

Wi nenn em Jesus, Gott sien Söhn.
Wi günnt em keen lang Leven,
bit Gott em wedder to sik nöhm.
Dat Woort, dat Woort is bleven.

Dat Woort hett uns de Schrift bewohrt.
Jesus un sien Leven
hett de Mensch den Mensch verklort
un em uns weddergeven.

Vun Jesus ward jüm nu bericht –
is'n Stremel Weltgeschicht.

Kümmt sünst'n Königssöhn to Welt,
ward je wunner wat anstellt.
Denn ward juchheit, denn ward sik tiert,
eten, drunken, dree Doog fiert.
De Kanonen scheet Salut.
De Flaggen ward rutsett.
Vivat! schriggt allns luud.
(De Dynastie is redd)
De Doomprobst kümmt as Karkenmann
mit veel Gottes Segen an.
Ministers, Vuns un Grafenlüüd
(mit Ordenssnall) mokt Kindsvisit,
kiekt ünnerdänigst in de Weeg,
denn stoht se stramm un löög:
Gans de König, op un dol.
Un dat Volk bangt weddermol:
Ward he denn ok so'n Schinner?
Se denkt je an ehr Kinner.

As Jesus keem, weer blanke Noot.
De Öllern arm un slicht.

Keen Salut. Keen Glocken goht.
Een Steern, de för em lücht.

Jüst üm de Tiet (ward vertellt)
weer de Kaiser knapp an Geld.
(Is keen Wunner. Dat Malöör
kümmt bi so'n Lüüd ofteens vör)
Un bi de Verlegenheit
ward de Stüürschruuv andreiht.
Dat em nösten keen Seel fehl,
geev Augustus den Befehl,
dat jedeen Börger in sien Riek
(To Foot, to Peerd, dat weer em gliek)
sik in sien Heimaatflaag begeev
un in'e Stüürlist inschreev.
(Is man eerst Kaiser, denn regeert
man över Meer un Land.
Weet ofteens nich, wat een allns hört:
Wiet langt so'n Kaiserhand.
Un versteken kannst' di narms.
Mit Suldoten un Schandarms
kriggt he de Lüüd tofoten,
de Lütten un de Grooten)

Josef, he weer Timmermann,
keem wietlöftig ut Davids Stamm,
harr in Nazareth sien Broot,
sünst keen Groschen op de Noht,
de mokt sik furts op den Padd
no Bethlehem, no Davids Stadt,
mit Maria, sien jung Wief
un dat Kind in ehrn Liev.

(Dat se Jungfro blieven müß
un hett een Kind utdrogen,
de Hillig Geist de Vadder is...
Glöven schast'! Nich achterfrogen!)

Dat güng bargop, dat güng bargdol.
Un blot hen un wedder mol
an de Wegkant so'n lütt Rast
för Marias dubbelt Last.
Mööd de Been un mööd de Fööt.
Ok keen Waag keem in de Mööt,
de ehr'n Stück Weg mit sik nöhm.
De Düsternis full in de Bööm.
Dat letzt Enn woor bannig swoor.
De eersten Hüüs... Nu weern se dor!

För de Nacht söcht se Quarteer
un klopp sik je vun Döör to Döör,
man open güng keeneen.
Un lütt Maria ween.
Geev keen Hüsung för de Armen.
Blot een Stall, de harr Erbarmen
un sparr gans wiet dat Door
för dat arm un footmööd Poor.
Un knapp weern se dorbinn'
keem al Marias swore Stünn.

Een jung Wief. Dat eerste Kind.
Dör de Ritzen fleut de Wind.
Keen Dokter dor un keen Heefamm,
ok keen Winneln, de Luft klamm.
Geev keen Weeg, de dat Kind wipp.
Do lehn de Esel ehr sien Kripp.
(So keem de Heiland op de Welt.
Ward uns in'e Schrift vermellt)

Un as sik dat jüst dreep,
weern dree Scheper bi ehr Scheep
vör de Stadt op beste Weid,
denn dat Gras weer noch nich meiht.

Se smök ehr Piep, un op'n Mol
swevt Gotts Engel sacht hendol.
(So'n Engel, de vun boben swevt,
harrn de Dree noch nich belevt)
Se fulln verbiestert op de Knee,
bit de Engel to ehr sä:
Weest nich bang, denn ik verkünn
groote Freid in düsse Stünn.
Noch is de Mensch nich gans verlorn:
Hüüt is jüm de Heiland boren!
Un he ward een Teken setten
den Menschen vör sik sülms to redden.
In een Stall köönt ji em finnen.
Kiekt in'e Kripp. Dor liggt he binnen.

De Engel steeg to'n Heven op.
De Schepers slöög de Hänn vör'n Kopp.
In'e Luft dor weer so'n Klingen
as wenn dusend Engel singen:
Gott in de Höög em geev de Ehr,
un den Freden günnt de Eer.
Noch vör den Liev bewohrt de Seel,
denn dat is joon besten Deel.

Is meist toveel för slichte Lüüd,
wenn man sowat hört un süht.
Wat de Engel ehr utrich'
kunn je wohr ween un ok nich.
Dat best weer wull, se mokt sik klook
in düsse sünnerliche Sook.
Un se funnen ok den Stall
samts Esel, Kripp un Öllernpoor.
Un in'e Kripp leeg krall
dat Kind. — Weer allns wohr.
Se fulln op Knee. Se lövt em luud.
Un denn schütt se ehr Harten ut.

De Eerste sä: Wi sünd arm Lüü',
hebbt nix un köönt nix geven.
Jesus Christ, wi tövt op di!
Un op een beter Leven.

De Tweete sä: Un mook uns frie!
Wi mööt mit bögt Rüch leven.
Jesus Christ, wi höpt op di!
Wi wüllt Gott oprecht löven.

De Drütte sä: Stoh uns ok bi.
Wi Lütten goht sünst ünner.
Jesus Christ, vergeet uns ni!
Denn wi sünd ok Gotts Kinner.

De Schepers trocken över Land,
un mokt de feine Künn bekannt.
(Wenn de Mensch al Wunner süht,
hölpt dat nich — mutt ünner Lüüd)

Dat weer noch in de sülve Week,
do kreeg de Stall noch mehr Besöök.
Dree klooke Lüüd vun't Morrnland,
de harrn ehr Kamels anspannt
un kemen nu anstöven,
den niegen Herrn to löven.
Denn se harrn as klooke Lüüd
den Christussteern al richtig düüd:
De Königssöhn, wo wohnt he denn?
froogt se in Jerusalem.

Herodes, de dunn König weer,
keem düs Konkurrenz verqueer.

Dat güng je üm sien Königsthron.
(Is bi Königs to verstohn:
Wenn een dat so komodig hett,
will he keen annern in sien Bett)
Un wiel he jüst keen Ehrenmann,
mokt he sik an de klook Lüüd ran,
dat se för em utspikeleer,
wo dat Kind to finnen weer.
He wull em as'n König ehrn,
sä he. Wat luder Lögen weern.
Denn he harr to düsse Stünn
al een Moord in'n Achtersinn.

De kloken Lüüd, de stegen op
ehr Kamels un in Galopp
den Barg hendol. Se harrn dat licht:
De Christussteern wies ehr de Richt.
Den helen Weg no Bethlehem
swevt he vörut — un denn
bleev he blank an'n Heven stohn,
wo de nieborn König wohn.

Se wunnert sik. Weer dat de Oort?
Keen Wach dor un keen isern Poort?

Geev keen Borg un geev keen Slott.
Nix tügt vun Pracht un Stolt.
Een Stall stunn dor, windscheef un rott.
De Steern hett em vergoldt.
He mokt den Stall to'n Königsslott,
versülvert Povertee.
In een Kripp de Söhn vun Gott.
Un se böög Kopp un Knee.
Un as sik dat för klook Lüüd hör,
sään se denn ok klooke Wöör.

De Witte sä: De Menschen meen,
blot Geld regeert de Welt.
Sodennig ward ehr Hart to Steen.
Se vergeet, wat noch mehr gellt:
Keen veel hett, kann veel geven.
Denn *dat* tellt för den Heven.
Lütt Herr, dat schust' bedenken!
Ik will di blank Gold schenken.

De Bruune sä: Un Mann un Wief
gellt för Gott liekerveel.
All beid hebbt den Eerdenliev
un all beid hebbt de Seel.

De Liev, de will blot leven.
De Seel, de söcht den Heven.
Lütt Herr, dat schust' bedenken!
Ik will di Weihrauch schenken.

De Swatte sä: Dat Menschenleven
hett as Broder ok den Dood.
Un dat Nehmen hett dat Geven.
Dat Mitleed hett de Noot.
Un to de Freid hört Lieden:
Gifft hell un düüster Sieden.
Lütt Herr, dat schust' bedenken!
Ik will di Myrrhe schenken.

Un no düsse goot meent Wöör
güng dat trüchlings an de Döör.
Se böög den Kopp, se böög de Knee.
Visit to Enn. — De kloken Dree
söcht för de Nacht Quarteer.
(Wat för Geldlüüd eenfach weer)

Gottvadder (de meist allns weet)
wüß mit Herodes' Ploon bescheed.
Merrnacht sä he in'n Droom to een:
Goht nich no Jerusalem!

Seggt keen Woort to Herodes!
Vun den Mann kümmt nix Goodes.
Sehgt jüm vör! Brukt joon Verstand!
Nehmt'n annern Weg in't Morrnland.
Un de kloken Lüüd de höör
stantepee je op Gotts Wöör.

Schull sien Ploon wahrachtig glücken,
harr he noch wat to beschicken.
Een vun sien Engel (ok in'n Droom)
geev denn Josef to verstohn:
Mook, dat du no Ägypten kümmst
mit Fro un Kind! Denn sünst
kriggt di Herodes foot.
He söcht dat Kind un will sien Dood.
Dor sünd ji op de seker Siet,
denn sien Arm langt nich so wiet.
Un eerst, wenn ik *gans* wiß weet,
de Luft is rein, geev ik Bescheed.
Josef (He harr nich veel Pack)
smeet sien Plünnen op de Nack.
Maria nöhm dat Kind un so
güng't queerbeet op Ägypten to.

(Gotts Söhn woor redd. Gevadder Dood
kreeg nu anner Kinner foot)

Herodes weer je bös vergrellt,
denn sien Spionen harrn nich mellt,
wo he dat Kind söken schull,
dat he ut'n Weg hebben wull.
Un denn keem em in den Sinn:
Bring ik all lütt Kinner üm,
krieg ik no mien Överlegg
mien gröttste Sorg wull ut'n Weg.
Huus bi Huus un Stroot bi Stroot,
an jeedeen Döör klopp nu de Dood.

(För Blootarbeid harr he sien Lüüd.
So is dat Mood bit in uns Tiet.
Regeert Gewalt eerst unse Welt,
denn warrn de Tranen nich mehr tellt)

No Johr un Dag weer't denn so wiet:
För Herodes keem de Tiet,
un he müß sien Sünnen op Eern
nu vör Gott verdeffendeern.
Se weern noch bit Balsameern,
do leet Gotts Engel vun sik höörn:

Josef, sä he, allns in't Loot.
Ji köönt no Huus. Nu is he doot.
Un se weern vun Harten froh.
Güng je op de Heimaat to,
so gau as't güng no Nazareth,
wo Josef Broot un Arbeid hett.
Dör Betlehem weih noch de Noot.
Un in de Hüüs de Ruch vun Bloot...

De Welt is liekers wiedergohn,
un de Tiet bleev ok nich stohn.
Jesus wuß, un he woor ok
för sien Johrn unbannig klook.
Dat weer meist keen Wunner, denn
Gottvadder harr'n Oog op em.
Johr för Johr, wenn Ostern keem,
reist se no Jerusalem
(fromm to Sinn in'n Sünndagsstaat),
üm Gott to danken för sien Gnaad.

Mit twölf Johrn (dat will wat heten!)
hett Jesus al in'n Tempel seten,

sik den Preestersnack anhöört
un denn mit ehr fix diskereert.
Sien Moder weer dat gorni recht.
Wo büst du ween? Wi hebbt di söcht.
In Vadders Huus, anter de Söhn.
As kunn he *narms* anners ween.

Poor Johr dorno (De Johrn lepen)
leet *he* sik vun Johannes döpen
mit dree Handvull Jordanwoter.
Achteran ('n knapp Week loter)
weer he in'e Wüst to finnen.
Dor kunn he sik wat besinnen.
Un in'e Wüst mank Sand un Hitten
kreeg em de Düwel bi'n Slawitten.
Dreemol hett he em versöcht,
un jedeen Middel weer em recht.

De Düwel sä: Gotts Söhn is groot.
Kunnst mi'n Proov vun geven.
Dor liggt'n Steen. Mook em to Broot.
Wenn't geiht, will ik di löben.

Man Jesus sä: Dat Broot alleen
langt nich för't Menschenleven.
Denn ohn Gotts Wöör kann keen Mensch ween.
Sodennig steiht dat schreven.

Weer op'n Barg. De Düwel sä:
Allns, wat man rundüm sehn kann,
den Wald, dat Koorn, de Hüüs, de See —
ward allns dien, beeds du mi an.

Man Jesus sä: Behool den Kroom.
Nich eerden Goot schast' löben.
Segg dien Gebeed in Gottes Noom
un deen em dien gans Leven.

Op't Karkendack de Düwl sä:
Spring dol! Kann nix malöörn.
Gott schickt di twee Engel, de
swevt mit di sacht no nerrn.

Man Jesus sä: Steiht ok, du schast
dien Herrgott nich versöken.
Hol di an sien Geboden fast,
denn kannst du op em reken.

De Düwel suus to Höll hendol,
dach wull: Versöök 'n annermol.

(Dagdääglich ward de Mensch versöcht.
Dat Unrecht will op Stroot.
Em achterno hinkt meist dat Recht,
is ofteens slecht to Foot.
De Düwel, de blangbi di steiht,
he weet üm de Geboden
man ok, woans man ehr ümgeiht.
Swoor is de Weg to'n Goden...)

Jesus preester krüüz un queer
dör Galiläa mit sien Lehr.
No Nazareth, Kapernaum,
dör Stadt un Land, sowiet he kunn.
Toletzt ok no Jerusalem,
wo he sik an de Preester wenn.

Un he hett swore Tieden kennt.
De Römer harrn dat Regiment,
bito de Judenkönig. –
Un all beid weern sik enig,

am besten leet sik je regeern,
wenn ehr Pött vull Stüürn weern.
All beid langt nu düchtig to,
un de bleek Noot krööp achterno.
Dat Land harr noch as frömme Gäst
ok veel Suldoten in'e Köst.
Un dat kost Geld. Dat Volk blööd ut.
Zeloten woorn ok noch luud.
De riek Mann harr je Eten satt.
(Wat nobleev kregen Hund un Katt)
De arme Mann harr knapp dröög Broot.
Veel Wittfroon leev in bitter Noot.
De Scheer, de twüschen arm un riek,
sparrt dat Muul op, drakenliek.
(Riekdoom kann de Stüürn drücken.
Armoot betohlt un mutt sik bücken.
Un denn schriggt dat Lieden
luudhals no beter Tieden)

Wenn Jesus preester kemen de Lüüd,
em to hörn, vun neeg un wiet.
Jung un old un Mann un Fro
un sülms de Kinner ström em to.

Weern tomeist de armen Lüüd,
för de sien Lehr wat Licht bedüüd.
He geev ehr Hööp. De Hööp mokt Moot,
as geev't 'n Utweg ut de Noot.
Gott, sä he, un dat is wohr,
is för all de Menschen dor.
Doot Buß! Sien Riek dat kümmt,
wenn sik de Mensch op em besinnt.

So preestern kann sünst keen.
He mutt de Messias ween!
sään de Lüüd. Op't beter Leven
brukt wi nich mehr lang to töben.

Een goden Dags fisch mol twee Bööt
op den See Genezareth.
De Fischer hol ehr Netten in.
Se harrn keen Glück: Weer keen Steert binn.
Un se schipper truern an Land.
Do wink ehr Jesus mit de Hand.
He sä: Versöökt nochmol'n Pull,
denn kriegt ji wiß de Netten vull.

Petrus, den een Boot tohöör,
meen: Ik seh keen Schangs dorför.
Jesus anter: Kannst mi glöven.
Petrus sä: Wi köönt je pröven.
Se dreiht bi, fohrt wedder rut
un smeet nocheens de Netten ut.
Un as se ehr nu inholn deen,
weern se meist so swoor as Steen,
de Trossen as'n Brett so stief,
de Fisch, de drengt sik Liev an Liev,
un denn swabb de sülvern Floot
as'n Störtsee in dat Boot,
un dat sack weg bit an den Rand.
Se kemen blot mit Möög an Land.

Meister, du kannst Wunner doon,
sä Petrus, ik will mit di gohn.
Wohen de Reis ok jümmer geiht,
nu hest du een, de to di steiht.
Jesus anter: Denn loot dien Boot.
De Menschen kriegt wi anners foot.
Uns Nett is preestern, diskereern,
un wi fangt ehr mit uns Lehrn.

Denn nöhm he gliek den Fischermann
as sien eersten Jünger an.
Andrees, sien Broder, keem dorto
as Nummer twee. Un achterno
vun't anner Boot keem'n noch miteens
den Zebedäus beide Söhns.
Een heet Jehann un een Jakob.
Nu harr Jesus veer tohoop,
un denn kreeg he no un no
to sien veer noch acht dorto.
Nu weern dat twölf. Dat Dutz weer vull,
so dat he as Profet wat gull.

Un denn schick he ehr mit Gotts Wöör
vun Dörp to Dörp, vun Döör to Döör.
Keen Geld nehmt mit un keen Kledaasch.
Goht to Foot un ohn Bagaasch.
Kloppt ji arm an arm Manns Döör,
lehnt he sien Ohr för de Lehr
un mit de Ohrn ok dat Hart,
wo dat sien Leevdag opwohrt ward.
Dorto gifft he noch sien best Goot:
'n Sluck rein Woter un dröög Broot.

Un de Knechens roppt ji to,
de ünnert Joch böögt goht:
Nehmt de Lehr an! Ji findt Roh,
op dat ji oprecht stoht.
Ohn Gewalt ward ji opricht,
un joon Last, ji dreegt se licht.
Un *noch* wat sä he to de Twölf:
Ji koomt as Scheep oft ünner Wölf.
Kann ok de Liev verdarven,
de Seel, de kann nich starven!
Un nu goht in Freden,
üm Gott Ehr to verbreden.

Bi een Wunner is't nich bleven.
(Gifft toveel Lüüd, de do op töven)
Jesus kümmt! He mokt gesund!
geiht de Künn vun Mund to Mund.
Un de Kröpel un de Krummen
un de Stiefen un de Stummen,
de Mensch in all sien Jammer keem,
dat he em dat Lieden nöhm.
Kannst du hölpen, Herr, dat froog
de kranke Liev un dat blind Oog.

Jesus streek ehr övern Kopp:
Un de krank Liev stunn kregel op,
dat blinde Oog kunn wedder sehn,
de Kröpel keem fix op de Been,
un sülms de Doden mokt he wook.

(Wenn du di froogst, düs Wunnersook,
is de wahrachtig wesen?
In't Hillig Book kannst dat nolesen.
De Gloof de schafft, wat sünst nich geiht.
He is dien besten Fründ.
Wenn man fast an wat glöven deiht,
mag ween, dat Wunner kümmt...)

Wat nu kümmt, kannst' nich licht verdaun,
hest du düchtig an to kauen.
Sülms Preesters (De sünst veel verstoht),
kriegt den Achtersinn swoor foot.
Weer op een Barg (Man weet nich wo),
sien twölf Jünger rundümto,
dat Flaag vull Lüüd, sien Stimm to hörn
(mehr as in'e Karken weern),
as Jesus noch to loote Stünn
den Menschen düsse Wöör verkünn:

Selig is, de arm in'n Geist,
is een, de in Gotts Heven reist.

Selig is, de lieden mutt,
denn Gotts Troost gliekt allns ut.

Selig is, de hungern deiht
no Wohrheit un Gerechtigkeit.
He kann nich op den Menschen buun,
mutt op Gotts Gebot vertruun.

Selig, de barmhartig is.
Fallt op em trüch, un dat is wiß.

Selig, de no Freden streevt
un mit sien Welt in Freden leevt.
Un wenn he den Weg finnt,
nimmt Gott em as sien Kind.

Selig is dat reine Hart,
wiel dat den Herrgott sehn ward.

Selig is, de Unrecht litt.
Gott nimmt em in'n Heven mit.

Dat weern Jesus' golln Wöör
as Slötel to de Hevendöör.
(Blot arm in'n Geist... Wat hett he meent?
Dat se Gott mit Harten deent?
Dat se sik nich mit Twiefel ploogt?
Un de klook Geist em achterfroogt?)

Noch wat, sä Jesus, köönt ji glöven,
denn dat hölpt för't ehrlich Leven:
Wenn ji biddt, ward Gott jüm geven.
Wenn ji sökt, finnt ji to Gott.
Kloppt ji an, brukt ji nich töven,
hett sien Döör för jüm keen Slott.
De Poort to Höll is wiet opsparrt,
de Weg to'n Heven small.
As ik den Düwel kenn, he narrt
den Menschen överall.
Dat Best, steiht fast, dat is de Leev,
de Gott den Mensch to egen geev.
De Leev to em, to Deert un Plant,
to den Neegsten un to't Land.

De Leev to Gott, to'n Neegsten tellt,
is, wat uns Welt tosomenhölt.

Un nu wüllt wi beden,
dat hölpt de Seel to'n Freden:

Du — uns Vadder in'n Heven,
wi holt hillig dien Noom.
In dien Riek wüllt wi leven,
un dien Will wüllt wi doon
för'n Heven un nerrn
as dien Kinner op Eern.
Geev uns dat dääglich Broot, wenn't geiht.
Vergeev uns, ward wi schüllig.
Den Menschen, de uns Unrecht deiht,
wüllt wi vergeven, willig.
Un bring uns nich in Versöök.
Stoh uns bi, denn wi sünd swack.
Ok wenn wi dat Goode söök,
sitt uns de Düwel in de Nack.
Dat Riek, de Kraft,
de Herrlichkeit
liggt in dien Macht
in Ewigkeit.
Amen.

Weer dodenstill. De Lüüd benaut.
Harrn Jesus Wöör nich recht verdaut.

Wöör, so grantig as'n Dunner.
Un wat ehr noch mehr wunner:
Dat sä een Timmermann sien Söhn.
Denn vun *ehr* Lüüd weer Jesus een.

Denn weer Jesus mol to Disch
bi'n Pharisäer. Dat geev Fisch.
De Mann harr wat in'n Achtersinn:
He meen, laadt he to'n Eten in,
un harr sien Gast denn een vull Moog,
kreeg he Antwoort, wenn he froog'.
De Fisch weer all bit op de Graden,
do keem een Gast, de weer nich laden
un keem ok noch to unpaß Stünn.
Weer een jung Wief, de leev in Sünn.
Se ween un ween. De Tranen flööt.
Mit ehr Tranen wusch se Jesus' Fööt,
nöhm dat Hoor un mok ehr dröög.
(Steiht allns in't Book. Nich dat ik löög)
Un se salf em Foot üm Foot,
un se deen em in Demoot.

Den Pharisäer weer't nich recht.
Dat Fronsmensch is veel to slecht,
sä he, de Meister veel to goot,
dat se sülms sien Fööt anfoot.
Jesus sä: Du denkst verkehrt,
markst nich, wat düs Fro uns lehrt:
Se hett dat Best, ehr Tranen geven.
Ehr ward jedeen Sünn vergeven.

Weer in'e Kark, wo je de Lüüd
wat in den Klingelbüdel smiet.
Un an't Klötern kann man hörn,
wat riek un arm för Gott spendeern.
De riek Mensch smitt mit Sülvergeld,
twee Penn hett de arm Fro rintellt.
Un eerst buten vör de Döör
sä denn Jesus düsse Wöör:
De riek Mann, de dör Sülver pett,
markt nich mol, dat he geven hett.
De arme Fro mutt sik de dorn
twee Penn eerst mol vun'n Mund afsporn.
Gotts Waag, de vör den Heven steiht,
weegt af, wat sworer wegen deiht.

In Jerusalem keem eens een Mann
vun de Schriftutleggers an,
sä achtertüsch: Du gellst as klook,
weest Bescheed in Gott sien Sook.
Hest du nich för mi 'n Raat
wat den Dood angeiht paraat?
Wat mutt ik doon för't Ewig Leven?
Jesus anter: Kann ik geven:
Steiht in't Gesetz. Dor lees dat no.
Nu sä de Schriftutlegger: Jo,
dat weet ik ok, ik kenn den Deel:
Heff Gott leev mit Hart un Seel,
steiht dor un ok: Dien Neegst hol wert,
is een as du. So ward uns lehrt.
Un denn plier he Jesus an,
sä to em: Mien leewe Mann,
segg mi, keen mien Neegsten is.
Wenn du dat seggst, weet ik dat wiß.
Un Jesus anter em: Villicht
lehrst du dat ut mien Geschicht:

Do leev mol in Jerusalem
een Mann, den ik nich sülven kenn,

fromm un flietig, ünnerheel
so'n lütten Hannel mit Kaneel,
güng fröh ut Huus, denn he wull to
sien Süsterdeern no Jericho,
de in de Stadt verheirad weer.
He harr sünst keen Fründschop mehr.
Dree Weeken wull he blieven
un bito bet Hannel drieven.
De Weg weer lang, de Sünn brenn hitt.
In een Wald, so in'e Midd,
kregen em de Rover foot.
Se slögen em toeers halfdood,
nöhm em Geld un Kleder weg
un smeet em ohn lang Överlegg
as'n Sack an de Wegkant
splitternakelt op den Sand.
Dor leeg de arme Mensch un stöhn
in sien Quaal, hööp dat een keem,
de Mitleed harr, em bistohn de.
Een Preester keem un he
dreih den Kopp no anner Siet.
He wull dat Lied nich sehn.
Duur nich lang, keem een Levit.
De harr för Mitleed ok keen Tiet,

kneep beide Ogen to un meen,
güng em nix an. He harr nix sehn.
De Sünn stunn West, do keem een Mann
mitsams Pack un Esel an.
Prrr! sä he, steeg af un knee
bi dat arm Stück Mensch. Un de
reet sien Hemd twei un verbunn
mit de Striep sacht jede Wunn,
bunn em op den Esel fast
un bröch nu düsse Jammerlast
dree Miel wieder to een Kroog.
Un dormit weer dat noch nich noog:
He geev den Weert wat Sülvergeld.
För Kost, sä he, un för Loschi.
Un wenn de Batzen nich noog tellt,
he keem nochmol vörbi.
Dat is een Samariter ween,
wiel he ut Samaria keem.
Giffst du dien Hemd un ok dien Geld
för den Neegsten her, dat tellt
för't Ewig Leven, ward di ehrn.
Dat will mien Geschicht di lehrn,
sä Jesus un dorno
dreih he em de Rüchsiet to.

Annermol vertell he denn
vun riek un arm un vun ehr Enn:
Geev mol'n Mann, mutt ik vermelln,
de kunn sien Riekdoom nich mehr telln.
He harr blot dat een in'n Sinn:
dat *noch mehr:* den Togewinn!
As'n Krak reck he de Arms,
steek *em* wat in de Ogen.
Vör em seker weer man narms.
Un wat he sä, weer logen.
He lehnt sien Geld ut to hoog Tins.
Un wenn de Lüüd in't Unglück weern,
keem he fein rut un kunn tominst
ehr Huus un Hoff kasseern.
(Gifft männigeen, de to veel kümmt,
wiel he hoog Tins vun annern nimmt)
Keen riek is, will dat ok geneten,
Rotspon drinken un fein eten.
De Disch weer vull, dor hett nix fehlt,
jedeen Beet mit Wien dolspölt.
So güng dat bi em alle Doog,
bit Gott meen, nu weer't lang noog.
Een Morrn leeg he dood in't Bett.
Wiel dat letzt Hemd keen Daschen hett,

keem, wat dorno komen müst:
He güng as arm Mann in de Kist.
För de Arfschop geev't keen Kinner,
un de König weer de Winner.
He sack allns (sams Togewinn!)
in de egen Daschen in.
Un in'e Höll (bi groote Hitten)
müß de Riek sien Sünnen afsitten.
Ehr kümmt'n Kamel dör't Nadelöhr,
as'n riek Mann dör de Hevendöör,
sä Jesus. Nu de anner Siet:
Do leev to de sülbe Tiet
een Mann, heet Lazarus mit Noom,
weer arm un kunn keen Arbeid doon,
denn he harr Swiensbuuln dicht an dicht
övern Liev un in't Gesicht.
So leeg he denn in all sien Noot
bi den riek Mann vör de Döör,
gier dor no een lütt Stück Broot,
dat villicht över weer.
Dor weer nix över, nich för em.
Keen Kanten Broot. Nich mol'n lütt Enn.
Lazarus keem bald to dood
liek in den Heven un harr't good.

Denn Gott vergull em geern
sien schettrig Tiet op Eern.
So, sä Jesus, güng dat ut.
De Lehr fischt sik man sülms rut.

Un denn vertellt he noch'n Stück
vun de Gier no Eerdenglück:
Geev mol'n Mensch, de leed keen Noot,
harr Land un Hüüs un Geld un Goot
un dorto ok noch twee Söhns.
Do sä de jüngst Söhn eens:
Vadder, ik koom mit een Bidd.
Geev mi man mien Arfdeel mit.
Betohl mi ut, un mit dat Geld
goh ik in de wiede Welt.
Wenn dat man good geiht, Jung,
leeg den Vadder op de Tung.
He heel sik trüch un sä keen Woort,
un de Söhn güng ut de Poort.
In de Welt stünn't nich to'n Besten.
Geev Wiewer, Speel un Spoß.
He leet nix ut, wull allns utkösten
un weer bald sien Arfdeel los.

Den armen Mann smitt man bisiet.
Un denn kümmt de Hungertiet,
de Drööms vun Disch un Bett,
vull Pannen un vull Pött,
vun goode Tieden, as he satt.
Un nu harr he nich dröög un natt.
Geev blot een Weg, een small letzt Brügg:
Dat Vadderhuus! De Weg torüch.
Vadder, sä he, hier steiht een,
de is nich wert, dien Söhn to ween,
arm as'n Bessenbinner,
dat Geld verdoon. Hier steiht'n Sünner.
Lot mi blieven as dien Knecht.
Blot blieven! Mi is allns recht.
De Vadder sä: Koom an mien Hart.
De wiede Welt, de hett di narrt.
Hauptsook is, wi hebbt di trüch.
He slacht'n Kalf, geev em nieg Tüch,
un de verlorn Söhn woor fiert.
Dat hett den öllsten Söhn bös piert.
Vadder, sä he, för so een?
Is dat gerecht? Mutt de Fier ween?
Ik heff Dag för Dag wuracht,
heff di deent un heff di acht.

Un *nu* mokst du för een dat Bett,
de sien Geld verplempert hett.
De Vadder sä: Hör to mien Söhn!
Ik harr twee Söhns. Denn blot noch een.
Een Söhn güng sien egen Stroot
un leet nix hörn. Weer mien Söhn dood?
He keem arm un slaan torüch
mit böögt Kopp un mit böögt Rüch.
Un mag he arm un nakelt ween:
He blifft *dien* Broder un *mien* Söhn.

Jesus kümmer sik üm Lüüd,
de veracht weern, nix bedüüd:
de Kunterlöörs (weern Stüürindriever),
de Fahntjes (weern lichtfarig Wiewer),
un he seet ok ofteens ünner
gemeen Volk un arme Sünner.
Ok de Fronslüüd harrn sien Ohr.
He geev ehr Ehr, se harrn dat swoor.
De Pharisäer schütt den Kopp.
De Schriftutleggers röög sik op.
De Preesters weern vergnatzt. All sään:
He mokt sik mit dat Volk gemeen.

He nimmt uns de Kunnschaft weg.
De dore Mensch mutt ut den Weg!
Un se tööft in düssen Sinn
op ehr Schangs to rechte Stünn.

Weer Ostertiet. De Büsch un Bööm
kleed sik to de Fier in gröön.
De Lammer sprungen op de Weid,
de Gorns bestellt un dat Koorn seit.
Gottes Welt weer sowiet kloor
un sett sien Hööp op dat nieg Johr.
To de Fier woorn Lammer schächt,
unsuurt Brööd in'n Aben leggt,
an Moses dacht, he güng vöran
ut Slaveree no Kanaan.

Jesus ahn, sien Tiet woor knapp.
He wull sien Huus beschicken,
för de, de achter em ranstapp,
müß he noch wat trechrücken.
So laad he denn sien Jünger in,
üm mit ehr in goden Sinn
den Braden to vertehrn
mit Broot un Wien un een poor Lehrn.

(Denkt de Mensch, ahnt he den Dood,
an de Wöör, de blieven doot?)

Jesus deel dat Broot un sä:
Dat eet! Dat is mien Liev!
So ward he, ween ik dood bün, nee.
Op dat ik bi jüm bliev.

Jesus nöhm den Wien un sä:
Den drinkt! Dat is mien Bloot!
Dat geev ik för all Menschen, de
Unrecht lied un doot.

Denn keem dat Lamm, un Jesus nöhm
dat Mess to Hand, sneed op, bedeen.
Ok de Glöös dee he noschenken
un sä: Lot uns bedenken:
De König un de Eddelmann
de hebbt ehr Kroons blot lehnt.
Dat vörnehm Kleed treck's ut un an:
De Vörnehmst is, de deent!

Giff noch wat, un ik segg't nich gern:
Een ut düs Rund verrad den Herrn.

Ik nich! Ik nich! Sien Jünger schregen.
Vun de twölf müß een Mensch lögen.

Petrus sä: Ik bliev bi di
ok in swore Tieden.
Herr, dien Noot de drippt ok mi.
Ik will mit di lieden.

Jesus anter: Wat mi freit,
lettst du mi nich in Stich.
Ik weet, noch hett de Hohn nich kreiht,
kennst du mi dreemol nich.

Weer Uhlenflucht. De Sünn is gohn.
Jesus harr noch mehr to doon.
He güng nu op den Ölbarg rop.
He harr'n Froog in'n Achterkopp,
de he hüüt noch loswarrn müß,
un Gott alleen de Antwoort wüß.
Dor boben mang Olivenbööm
weer he mit den Herrn alleen.
Un sien Jünger, ölben Mann,
keem em liespoot achteran,
üm den Meister nich to störn
un nich ut Ogen to verleern.

Jünger twölf, de Judas heet,
weer in so'n Geldsook op de Fööt,
üm de Preesterlüüd to möten
un ehr den Meister to verköpen.
Ik, sä he, ik goh vöran,
un den ik küß, dat is joon Mann.
Achtern kreeg he sien Lohn,
eerstmol de Hälft. Denn is he gohn.

Jesus böög middwiel de Knee,
un reck de Hänn no boben. He
weer blot Mensch, harr Angst dorvör,
wat bald op em tokomen wöör.
Un sien koolt Sweet drüppt rood
op Gotts Eer as weer dat Bloot.
Vadder, sä he, ik bün bang
vör Pien un Wehdoog. Duurt dat lang?
Dat Pack, dat will sik amüseern
un dien Söhn mit Slääg trackteern.
Obschoonst ik fast in'n Gloof,
erlaat mi düsse Proov.
Un schall ik lieden för dien Welt,
mutt ik dat dregen. Dien Will gellt.

Un as he trüchkeem mit sien Last
slöpen sien Jünger deep un fast.
Jesus sä: Un ik heff dacht,
dat ji för joon Meister wacht.
So is dat ünner Gott sien Dack:
De Geist meist willig, dat Fleesch is swack.

Den Barg rop kroop as düüster Wolk
de Hoog Preester mit veel Volk.
Dat gröhl un grummel, stamp un klirr:
Weern Knechen mit ehr Kriegsgeschirr.
Se harrn ehr Order, un de gull
den Mensch, de blot den Freden wull.
In de eerste Reeg vörut
güng Judas, keek no Jesus ut,
sien slimm Stück optoföhrn.
Noch weer Tiet. He kunn ümkehrn...
(De Froog is — ward uns nich vertellt —
heet sik sien Geweten mellt:
Du deihst Unrecht un sien Bloot
kümmt op di un kriggt di foot
un ward di ünnerkriegen.
Muß he sik sülms anspiegen?)

Weer to loot. Nu müß he gohn,
bleev hangen Kopp vör Jesus stohn,
keek em nich in de Ogen,
denn sien Wöör weern logen.
Meister, sä he, bün ik froh,
dat ik di hüüt noch sehn do.
Un denn geev he den Judaskuß.
Jesus sett den truern Sluß:
Judas, Judas, müß dat ween –
so verköffst du Gott sien Söhn?

Se harrn em foot. Un denn passeer
so'n Sook, de nich rechtfardig weer:
Een vun de Jünger keem verkehrt,
weer verbiestert, trock sien Sweert
un hau den Hogen Preesters Knecht
een Ohr vun'n Kopp. Dat weer nich recht.
Jesus nöhm dat Ohr, un he
peek dat wedder an sien Stee.
Steek dat Swert weg! Keen Gewalt!
Wokeen dat Sweert treckt, fallt
dör dat Sweert. – Ik mutt dörstohn
wat schreven steiht in Gott sien Noom,

sä Jesus. — Un denn sleep se em
den Barg hendol to Kaiphas hen,
wo Schriftutleggers, Pharisäer
un noch'n poor Studeerte mehr
al op Jesus luern deen.

Dor harrn se em för sik alleen,
kunnen em mit Pien befrogen,
piesacken un verjogen.
Un so kregen de Afkoten
em achtertüsch tofoten,
üm mit Hoken, Ösen, Krücken
em wat an't Tüüch to flicken.
Se froog un froog. Duur Stünnen.
Do weer keen Dreih to finnen.
De Hoog Preester sä: Hier steiht nu een,
de nennt sik Christus, Gott sien Söhn.
Nu froog ik di eernsthaftig,
büst du dat wohrachtig?
Wat wohr is, brukt man nich versteken.
Mit joon Gloof kann ik nich reken,
sä Jesus. Nu kümmt bald de Tiet,
denn sitt ik an Gotts rechte Siet.

Dat keem topass, nu harrn se wat.
He hett Gott lästert! Hört ji dat?
sä de Hoog Preester. Op'n Stoot
reet he sien Rock twei. (Weer so Mood)
He is schüllig! He is schüllig!
repen luudhals nu all Mann.
(Wat een Hoog Preester seggt, schient hillig.
Un em löppt man achteran)

Ok buten geev't 'n Truerspeel:
Dor verdeiht een Mann sien Seel.
Petrus, he weer middenmang
bargdolgohn in de Menschenslang
un seet nu buten vör dat Door
op de Steentrepp. Dat Hart swoor.
Vör em drengel sik de Lüüd:
Geev wat to beleven hüüt!
Is'n Truurspeel aftosehn,
kümmt de Neeschier op de Been.
Mit dusend Fööt un dusend Ohrn
steiht se denn vör Döörn un Doorn,
hork un kiek un snack un luer:
Wat deiht sik achter düsse Muur?

Een Deenstdeern, bi riek Lüüd in Lohn,
bleev vör Simon Petrus stohn,
keek em an un dacht wat no
sä denn: Hörst du nich ok dorto?
Kenn dien Gesicht un meen,
du büst vun sien Jünger een.
Deern, swieg still! Keen Woort vun wohr,
anter Petrus luud un klor.

Duur nich lang, do keem noch een,
'n ooln Mann mit een stief Been,
de nöhm sien Stock, he wies op em
un sä: Mi dücht, dat ik di kenn.
Nu fallt mi't in: Büst doch'n Mann,
de löppt den Jesus achteran.
Petrus anter em je stracks:
Weet nich mol, wovun du snackst.

Denn keem ok bald de Drütte an,
weer'n jung Gast, noch nich gans Mann,
de sä liekut: Dor seh ik een,
den heff ik oft mit Jesus sehn.
He is een vun Jesus' Lüüd!
Petrus wüß, wat dat bedüüd,

un he anter stöckerig:
Ik swöör di to, den kenn ik nich!

Knapp weer dat letzte Woort vergohn,
kreih in Nohbers Hoff de Hohn.
Un Petrus op den Steen
slöög de Hänn vör'n Kopp un ween.

Denn stulper Jesus ut de Döör,
un de Volksgall nöhm em vör.
Un flüggt eerstmol de eerste Steen,
smiet se furts mit allemann
as dusend Düwel op den een,
de sik nich wehren kann.
De sünst insteek, de wüllt utdeelen.
Nu hebbt se een, den köönt se queelen,
verdüweln, slaan, bespiegen,
afleddern un anmiegen.
(För dat wat Menschen sik andoot,
is sik sülms dat Deert to goot)

De Preesters schaven em in Draff
an Pontius Pilatus af,
de to düs Tiet an Kaisers Stee
in Jerusalem regeern dee.

(Denn för een Preester gellt dat Wort:
Kümmst du in Heven to'n Rapport,
de Hauptsook is, du hest
vör Gott een reine West)

Knapp weern se dor, kloogt se em an:
He hett Gott lästert, düsse Mann.
He gifft sik as'n König ut,
snackt dat Volk blot no de Snut,
will för den Kaiser ok keen Schatt,
un wat witt is, mokt he swatt.
So een Mensch, deiht uns nich goot.
He verdeent, meent wi, den Dood.
Pilatus höör sik allns an.
Un nu verdeffendeer di, Mann!
sä he to Jesus, hest je hòört,
wat de Preesters an di stört.
Büst du de König? Büst du een
mit Riek, mit Thron, mit Slott ut Steen?
Mien Riek is nich vun düsse Welt.
In'n Heven is mien Thron opstellt,
anter Jesus em dorop.
Un Pilatus schütt den Kopp.

He sä: Lot em dor boben man regeern,
denn kann he uns nerrn nich störn.
Dat, dücht mi, is keen Verbreken.
Ik mutt em to de Narrn reken.
Gifft keen Grund, dat de Mann hangt,
un ik meen, de Pietsch, de langt.
Ik *will* keen Urdeel geven.
Vun mi ut kann he leven.
He kümmt ut Galiläa, do
steiht Herodes för em to.
(Meent is dormit Herodes Twee,
Söhn vun den, de murksen de)
An de Adress schickt he em wieder
un dacht, nu weer he ut'n Snieder.

Mit Deensten un mit Eddellüüd
weer Herodes in sien Slott to Tiet,
as dat Volk mit Jesus keem,
dat he em in de Mangel nöhm.
Un wedder dat Verklaffen,
em wat an't Tüch to schaffen.
Herodes froog em düt un dat.
Un Jesus sweeg. (Harr't Frogen satt)

Dat weer wull beter an sien Stee,
wenn he sik dor rutholn dee,
dach Herodes. (Villicht keem em
de Kinnermoord vun Bethlehem,
sien Vadders oole Sünn
nu wedder in den Sinn)
Ik will nich richten in den Fall,
denn ik glööv, de Keerl is mall.
Ut luder Spott un Hohn
kleed he em in fein Tüch.
De passend Rock för'n Königsthron,
sä he, un schick em trüch
no Pilatus vör de Döör.
(So keem he sülms nich to Malöör)

Pilatus, dorüm jüst nich froh,
seet nu nochmol mit em to.
Un he versöcht to'n tweeten Mol,
em to bewohrn vör'n Dodenpohl.
Pilatus' Wief, de'n klook Fro weer,
kenn sik ut mit Jesus' Lehr,
un se leet ehrn Mann bestelln:
Glööv nich, wat de Lüüd vertelln.

Ik harr'n Droom – em drippt keen Schuld.
Richt nich, as de Preesters wullt.
To Oostern steiht mi een Gnaad to.
Nehmt ji Jesus, segg ik jo,
sä Pilatus, in de Hööp,
dat allns no sien Willn leep.
De Preesters harrn to rechte Tiet
de Lüüd besnackt un op ehr Siet.
Un so schreeg dat Volk denn: Wi
wüllt Barrabas! Den geev uns frie!
Pilatus sä: Ik bün gans seker,
düsse Mann is keen Verbreker.
Un wat ji em an Schuld noseggt,
hangt in'e Luft, is nich gerecht.
Ik segg't nochmol: Mit Jesus hangt
dat Recht an't Krüüz. De Pietsch de langt.
Dat weer de reine Wohrheit, un
he dee för Jesus, wat he kunn.
Blot wat schull he moken, wenn
de Volksstimm gröhl: An't Krüüz mit em!
An sien Bloot dreeg ik keen Schuld,
sä Pilatus, hebbt *ji* wullt.

No Golgatha, de grulich Stee,
wo man Verbreker richten dee,
för Jesus nu de letzte Stroot,
weer plostert noch mit Pien un Noot,
mit Spieg un Spott
ut Hütt un Slott,
mit Menschen, de sik Menschen nennt
un in em nich den Broder kennt.
Jesus sleep sien Krüüz bargan,
un jedeen Schreed weer Schimp un Schann.
Duur nich lang, kunn he nich mehr
un full mitsams dat Krüüz to Eer.
Do keem jüst vun de Arbeid trüch
'n grooten Keerl mit brede Rüch,
de em dat Krüüz afnöhm.
De heet: Simon vun Kyren.
Noch dusend Schreed, denn weern se dor.
De Schinnerknechens stunnen al klor.
Mit Homer, Nogels un ehrn Maat
weern se för't Geschäft paraat.
De Arms utbreed un lang de Been,
so'n smeerig Lappen mang de Tähn,
den nakelt Liev, ohn Ehr, ohn Stolt,
mit sößtoll Nogels an dat Holt,

dör beide Fööt, dör beide Hänn.
Un op den Kopp keem noch an't Enn
de Duurnenkroon to Höög un Schann.
Dat deiht de Mensch den Menschen an!
Un sien Kleder, Stück för Stück,
verspeel de Knechens ünner sik.

Mit blödig Lipp in all sien Noot
schreeg Jesus op to'n Heven:
Vadder, du must ehr vergeven,
denn se weet nich, wat se doot.

Een armen Sünner to jed Siet,
in'e Midd hangt Gott sien Söhn.
Den Dood bi Foot verdrüppt de Tiet.
De Heven tööft. De Fronslüüd ween.
De Frommen swieg. De Preesters spott:
Büst du Gotts Söhn, den hölp di Gott.
Wenn he will, holt he di dol
vun den feinen holten Pohl.
Denn sä de Sleef an sien link Siet:
Hölp mi ok dol. Ward langsom Tiet.
An sien recht Siet, de annereen,
bang vör dat, wat nu bald keem,

sä: Herr, geihst du, denn bidd ik di,
büst du boben, denk an mi.
Un Jesus anter: Warst noch wies,
kümmst hüüt mit mi in't Paradies.

De sößte Stünn. Noch is dat Dag.
Nu ward dat düüster op'n Slag.
De Sünn fallt dol no Gott sien Will.
De Wind blifft stohn. De Tiet steiht still.
Do kreiht keen Hohn. Keen Vogel singt.
Keen Hund de bellt. Keen Glocken klingt.
Dat Tempeldook ritt merrn twei.
Un op dat Krüüz 'n swatte Kreih...
De Stünn is dor.
Dat Woort ward wohr.

Vadder mien, ik koom to di!
sä Jesus. Un denn weer't vörbi.
Op de Bost full em de Kopp.
Sien Seel steeg liek to'n Heven op.

Dat Volk verleep sik. (Stück weer ut)
De Preesters harrn ehrn Freden.
Geev ok de annern, bleek üm Snuut,
man höör se liesen beden.

Op Feller, wo veel Unrecht steiht,
blöht enkelt ok Barmhartigkeit.
Geev ünner veel een Mann (blot een!),
de ut Arimathia keem,
so een, de den Nack nich böög,
nöhm mit Pilatus sien Verlööf
den arm schännt Liev vun'n Schannpohl
af,
slöög em in witt Linnen,
un ohn sik to besinnen
lee he em in sien egen Graff.
Denn wruck he noch as faste Döör
so'n grooten, sworen Steen dorvör.

Un de Rest blifft för de Froon:
De Truer üm dat, wat Mannslüüd doon.
Ehr Weenen un ehr Tranen gellt
för all dat Lieden in uns Welt.

Noch dreiht se sik. Dat Krüüz is bleven.
Jesus hett uns allns geven:
sien Hart, sien Geist, sien Bloot.
Un wi weet noch nich, wat wi doot.